ALA DELTA

Para Diana, que, sin saberlo,
le regaló el nombre a Don Yata.
Y para Claudia y Diego, que, sabiéndolo,
le decoraron la casa

D. F. S.

Para David y para Celia, porque no puedo
imaginar mejores compañeros de viaje

C. R.

Dirección editorial:
Departamento de Literatura GE

Dirección de arte:
Departamento de Diseño GE

Impresión:
Edelvives Talleres Gráficos. Certificado ISO 9001
Impreso en Zaragoza, España

ISBN: 978-84-140-5410-9
Depósito legal: Z 1323-2023

El 0,7% de la venta de este libro se destina a proyectos de desarrollo de la ONGD SED (www.sed-ongd.org).

DÓN YATA

El secreto del árbol

David Fernández Sifres

Ilustraciones

Claudia Ranucci

ALA DELTA

EDELVIVES

—¡Recuernos! —exclamó Don Yata—.
¿Ya son las cinco de la mañana?
¡No puedo llegar tarde!

Hugo, el búho, había prometido contarles
el secreto del árbol más alto del bosque.
¡Pero tenían que ser puntuales!
¡Era IM-POR-TAN-TÍ-SI-MO!

—Dice que es algo espectacular
—afirmó Josefa.

La urraca aleteó con fuerza.

—¡A lo mejor es un anillo de oro!
—exclamó.

—¡O unas bayas especiales! —se relamió la ardilla.

—¡O plátanos! —fantaseó el mono.

—No habléis tanto, que llegaremos tarde —dijo Don Yata.

Al pie del árbol más alto del bosque, Hugo, el búho, ya estaba esperándolos.

—¡Venga, venga! Subid, que no queda mucho tiempo —los apremió.

La cabeza del topo asomó por su madriguera.

—¿Qué es todo este jaleo? ¡Quiero dormir!

—El búho nos ha dicho que en la copa de su árbol hay algo espectacular —explicó Don Yata—. ¡Y queremos subir para verlo!

Todos comenzaron a trepar, cada uno a su manera. Bueno, casi todos.

—¡Ahhh, no puedo! —se lamentó Don Yata.

El topo se ajustó sus gafas.

—¿Subir al árbol? —preguntó—. Yo puedo decirte cómo hacerlo.

—¿Tú? —se burló el mono—. Tú vives bajo tierra. ¡No tienes ni idea de subir a los árboles!

El topo intentó explicarse, pero no le dejaron: estaban demasiado ocupados intentando ayudar a Don Yata.

—Solo tienes que mover los brazos muy rápido, de arriba abajo —dijo la urraca.

Pero Don Yata era un rinoceronte, y los rinocerontes no vuelan ni un poquito.

A Josefa le pareció buena idea que intentase subir por su cuello, como Rizo, pero Don Yata pesaba demasiado.

—Utiliza tu cola, ¡como yo! —sugirió el mono.

Pero los rinocerontes tienen una cola muy cortita.

—¡Yo puedo ayudaros! —insistió el topo, y esta vez tampoco le hicieron caso.

—¿Y si te empujo? —probó Rizo.

—¡Ay!

—Creo que tampoco es buena idea
—reconoció la urraca.

En ese momento apareció el conejo:

—¡Llego tarde, llego tarde!

El búho asomó su cabeza entre las ramas:

—¡Daos prisa!

—¿OS CUENTO MI IDEEEAAA? —insistió el topo—. ¡Es que yo también quiero subir!

Todos lo miraron. No entendían cómo un topo iba a ayudar a Don Yata, pero tampoco se les ocurría otra opción.

—Tenemos que cavar un hoyo muy grande —explicó.

—¿Para subir al árbol? —se extrañó Don Yata.

—Que sííí... Confiad en mí.

Así que todos se pusieron a cavar,
aunque no entendían nada de nada.

—¡Ups! Disculpe, señora Reina.

Poco después, el mono dejó de cavar. No creía que hacer un hoyo sirviera para trepar a un árbol.

—Eres un topo —dijo—. ¡No sabes nada de subir a los árboles!

La urraca también se detuvo.

—Vives bajo tierra —apoyó—. ¡Y ni siquiera sabes volar!

Don Yata los miró a todos. Estaba seguro de que el topo sabía lo que hacía. Eran amigos y confiaba en él.

—Sigamos cavando —animó.

—¡Eso! —apoyó el conejo, que también era un experto.

—Venga, venga —dijo Hugo—. ¡No queda tiempo!

—¡Ya está! —contestó el topo justo en ese momento—. Es suficiente.

No se habían dado cuenta, pero, al excavar, habían formado una montañita al lado del tronco por la que era fácil subir.

—¡Qué buena idea! —exclamó Don Yata—. ¡Vamos!

Todos subieron deprisa. ¡Por fin iban a descubrir el secreto del árbol!

El búho señaló al horizonte y dijo:
—Y en tres..., dos..., uno... ¡Ahí lo tenéis!

—El amanecer —anunció—. Siempre a su hora. ¿No es maravilloso?

Todos asintieron. Era lo más bonito que habían visto en su vida.

—Y ahora aparece el sol, como una naranja grande, por detrás de las montañas. ¿Puedes verlo, topo? —preguntó Don Yata.

—No, pero puedo sentirlo. Y es... estupendo.

David Fernández Sifres

León, 1976

Es Licenciado en Derecho y funcionario de la Escala Superior de Técnicos de Tráfico. Cuando se dio cuenta de que siempre estaba soñando despierto e inventando historias, empezó de lleno a escribir. Ha publicado varias novelas infantiles y juveniles y ha sido galardonado, entre otros, con el Premio Ala Delta por *Un intruso en mi cuaderno* y el Premio Alandar por *El Faro de la mujer ausente*. Ha dado vida a Don Yata en una colección de libros desplegables y en *Don Yata. El misterio de las bayas doradas* (ADN, 1).

Claudia Ranucci

Roma, 1973

Estudió Diseño e Ilustración en el ISIA de Urbino (Italia) y desde hace años reside en España. Es una mujer versátil e inquieta que compagina la ilustración con otras pasiones, como la costura y el yoga. Ha publicado más de ochenta libros, entre los que se encuentran la colección Malos de cuento y Buenos de cuento, otros títulos en la colección Ala Delta y todos los libros de Don Yata. La imagen de este personaje y su mundo salieron de sus pinceles, que refuerzan el tono humorístico de cada historia.